1863-Mars-9-10

VENTE DE BIENFAISANCE

ORGANISÉE

PAR LA SOCIÉTÉ DES AQUA-FORTISTES

AU PROFIT DES

OUVRIERS COTONNIERS

TABLEAUX

Dessins modernes

Eaux-fortes, Bronzes, Livres, Albums, Objets d'art, etc.

OFFERTS

PAR DIVERS ARTISTES ET AMATEURS.

VENTE A L'HOTEL DROUOT

Les lundi 9 et mardi 10 mars 1863.

Exposition publique le dimanche 8.

Commissaire-Priseur	Expert
Me BOUSSATON	M. F. MARTIN
RUE LE PELETIER, 7.	RUE MOGADOR, 20.

CATALOGUE

DES

TABLEAUX

DESSINS MODERNES

EAUX-FORTES, BRONZES, LIVRES, ALBUMS, OBJETS D'ART, ETC.

OFFERTS

PAR DIVERS ARTISTES ET AMATEURS

DONT LA VENTE PUBLIQUE

Organisée par la Société des Aqua-fortistes
AU PROFIT DES OUVRIERS COTONNIERS

AURA LIEU

HOTEL DROUOT

Grande Salle, N° 7.

Les lundi 9 et mardi 10 mars 1863

à 2 heures précises.

Par le ministère de Me **BOUSSATON**, commissaire-priseur,
Rue Le Peletier, 7
Assisté de M. **MARTIN**, expert, rue Mogador, 20.

EXPOSITION PUBLIQUE

Le dimanche 8 mars, de une heure à cinq.

1863

CONDITIONS DE LA VENTE.

Elle sera faite au comptant.

Les adjudicataires payeront cinq pour cent en sus des enchères, applicables aux frais.

ORDRE DES VACATIONS.

Le lundi 9 : les dessins, aquarelles, gravures, eaux-fortes, bronzes, statuettes, albums, livres.

Le mardi 10 : les tableaux.

Paris. — Imprimé chez Bonaventure et Ducessois, 55, quai des Augustins

— Pendant que cette vente attirait dans la salle n° 5 l'élite des amateurs et des marchands de tableaux parisiens, Me Boussaton dirigeait dans la grande salle n° 7, dont la compagnie des commissaires-priseurs avait fait gratuitement l'abandon, la vente au profit des ouvriers sans travail. L'espace nous presse. Disons en quatre lignes qu'elle a produit environ 10,000 francs; qu'un tableau de Troyon, le *Terrier*, a été poussé jusqu'à 1,000 fr., et l'*Entrée de l'église Saint-Paul, à Anvers*, de M. Édouard Frère, jusqu'à 620 fr.; que deux vacations n'ont pas suffi à mettre sur table tous les envois d'artistes, tous les dons d'amateurs, et que cette vente de charité recommencera dans un mois. Tout est donc pour le mieux dans le meilleur des mondes.—PH. BURTY.

NOMS DES DONATEURS

ET

DÉSIGNATION

S. A. IMP. LA PRINCESSE MATHILDE.

1. — Tête d'Italienne; aquarelle.

2. — ABRAHAM. . . . . . . Sous bois, près Château-Gonthier.

3. — ABRAHAM. . . . . . . Environs de Possey.

4. — ABRAHAM. . . . . . . Près l'étang de Pintourteaux, Bretagne.

5. — ALLARD-CAMBRAY. . . Les Docteurs.

6. — AUTEROCHE . . . . . Paysage et Animaux.

7. — AUSSANDON . . . . . L'Hésitation.

8. — ATHANASE (FRÈRE). . Portrait de S. A. I. le Prince Napoléon; dessin mine de plomb.

9. — BARTHOLDI. . . . . . La Gravure, tirée du monument de Martin Schœn, du Musée de Colmar; statuette bronze.

10. — BELLEL. . . . . Paysage; dessin.

11. — BENTABOLE. . . . . . Maison en Normandie; dessin.

12. — BERNE-BELLECOURT. Une Laveuse.

13. — BEAUME . . . . Les Voleurs et l'Ane; dess. rehaussé.

14. — BATAILLE. . . . . . . Environs de Paris, paysage.

15. — BIDA. . . . . Jeune Maronite, croquis.

16. — BROWN (J.-L.) . . . . Artilleur et son Cheval; aquarelle.

17. — BRENDEL (A.). . . . . Paysage et Animaux.

18. — BRASCASSAT . . . . . Un pâturage; dessin rehaussé.

19. — BRACQUEMOND. . . . Le Chasseur; paysage.

20. — BAILLY (LÉON) . . . . Paysage; dessin au fusain.

21. — BREST (F.). . . . . . Vue d'Orient.

22. — BAILLY D'INGHUEM (A. LE). . . . . . . Chevaux de steeple chase avant la ›urse.

23. — BAILLY (G.). . . . . . . Lion et Tigre, bas-reliefs; circ d'après Barye.

24. — BERTHELEMY. . . . . Marine, côtes de Normandie.

25. — BENARD . . . . Bac de Cergy; aquarelle.

26. — BALLEROY (DE). . . . La Curée d'un Lapin.

27. — BOUCLIER (Mme). . . . Vue prise à Bougival; dessin.

28. — BOUCLIER . . . . . . Paysage; dessin.

29. — BOUCLIER . . . . . . Choc de Cavaliers; dessin par Van-Huysum.

30. — BURTY (PH.). . . . . Dessin au crayon; étude, par P.-P. Prudhon.

31. — BARDEL (Mlle). . . . . 2 Marines; eaux-fortes, par Hervier.

32. — BERVILLE (J.). . . . . Prise de voile; dessin, par Lanfant de Metz.

33. — BERVILLE (J.). . . . . Vue d'une ville; aquarelle, par Ballue.

34. — BONAVENTURE ET DUCESSOIS . . . . 400 Catalogues.

35. — BLANC (CHARLES). . . Un Album.

36. — CALS. . . . . Paysanne cousant.

37. — CAMINO.. . . . . Près la Casbah, Alger; aquarelle.

38. — CHIFFLART. . . . . . Promenade du Lion; paysage.

39. — COROT. . . . . Paysage.

40. — CRANCH (CH.). . . . Le Lac; paysage et figures.

41. — CASTELLE . . . . . . Paysage, Soleil couchant.

42. — CAIN. . . . . Ane d'Afrique; statuette bronze.

43. — CHEVRIER (J.) . . . . La Grand-mère nourrice, costume Maconnais.

44. — COSSMANN. . . . . . Nature morte.

45. — CHAUVEL. . . . . . . Paysage.

46. — CHARPENTIER (A.). . Paysage des environs de Rome.

47. — CHINTREUIL . . . . . Paysage, effet de brouillard.

48. — COUTURIER (P.). . . Le Coq et la Perle.

49. — CHAPLIN (CH.). . . . Femme vue de dos; sanguine.

50. — CURZON (DE). . . . . Casino de Raphaël; fusain.

51. — CURZON (DE). . . . . Paysage, environs de Naples; fusain.

52. — CHAILLOUX. . . . . . Gravure, la Vierge au Silence; épreuve d'artiste.

53. — CARRIER-BELLEUSE. . Horace; terre cuite.

54. — COUTURIER (JULES). . Nature morte.

55. — COEDÈS . . . . Contemplation; pastel.

56. — COTTI . . . . Intérieur de Cour.

57. — CLAYE (J.). . . . . . . 600 Circulaires.

58. — DORÉ (G.) . . . . Paysage, souvenirs des Vosges.

59. — DESBROSSES. . . . . . Paysage et Moutons.

60. — DARRU (Mlle L.). . . . Fleurs des champs.

61. — DELACROIX (EUG.) . . Homme terrassé par une Lionne; dessin à la mine de plomb.

62. — DEVER. . . . . L'Italie toujours belle; terre cuite.

63. — DEVER. . . . . La France toujours grande; *id.*

64. — DANSAERT. . . . . . . Le Déjeûner.

65. — DAUBIGNY . . . . . . Un Paysage.

66. — DURAND-BRAGER. . . Une Marine.

67. — DIAZ. . . . . Un Paysage.

68. — DELATRE (A.). . . . . Les Moulins à vent, environs de Paris; eau-forte.

69. — DELATRE (A.). . . . . Les Moulins à vent, environs de Paris; peinture.

70. — ESCALLIEZ (E.). . . . Éventail; gouache sur satin.

71. — EECKHOUT. . . . . . La Promenade sur l'eau; dessin.

72. — FAUVEL. . . . . Le Médecin de campagne.

73. — FELON (JOSEPH) . . . Baigneuses; dessin.

74. — FLANDRIN (P.). . . . Une Ferme en Bretagne; dessin.

75. — FLANDRIN (H.). . . . Un Album de lithographie, d'après ses peintures de la nef de l'église Saint Vincent-de-Paul.

76. — FRÈRE (EDOUARD) . . Entrée de l'Église St-Paul, à Anvers.

77. — FANTIN. . . . . Bouquet de Fleurs.

78. — FEYEN-PERRIN. . . . Paysage; dessin.

79. — FIZELIÈRE (DE LA). . Paysage au pastel, par Dubouloz.

80. — FIZELIÈRE (DE LA). . Arabes à l'Affût; aquarelle, par P. A.

81. — GUET (E.). . . . . . . Conscrits des envions de Paris, après le tirage au sort.

82. — GIRARD (E.) . . . . . Les Contrebandiers; aquarelle.

83. — GUÈS (A.) . . . . . . Nature morte.

84. — GALL. . . . . Paysage, effet de brouillard.

85. — GASSIES (G.). . . . . Paysage, entrée de Barbison.

86. — GARD. . . . . Paysage, environs de Bordeaux; dessin au fusain.

87. — GITTARD. . . . . . . Paysage; dessin au fusain.

88. — GITTARD. . . . . . . Paysage; dessin au fusain.

89. — GAVARNI. . . . . . . Un dessin.

90. — GRANGÉ. . . . . Marine; mine de plomb.

91. — GHIRARDI. . . . . . . Paysage; aquarelle.

92. — GALICHON (E.). . . . Un objet d'art.

93. — HOUSSAYE (ÉD.). . . Une Gravure, la Source d'après Ingres, par Flameng, deuxième état, signée de l'auteur. (Encadrée.)

94. — HEYDEN (A. DE) . . . Mineur de la Silésie; dessin.

95. — HUGARD . . . . Orage dans les Alpes; fusain.

96. — HASTREL DE RIVEDOUX (L. D'). . . . Un Album, Vues de l'île Bourbon; lithographies.

97. — HASTREL (E.-A. D'). . Le Château du Diable, à l'île d'Yeu (Vendée); aquarelle.

98. — HASTREL (E.-A. D'). . En grande rade de Malaga, côtes d'Espagne; dessin rehaussé en couleur.

99. — HUMBERT (EUG.). . . La Bouderie; dessin à la sanguine.

100. — HAUTEL (D'). . . . . Bouquet de fleurs.

101. — HEYMANN. . . . . . . Vue prise à Charenton; aquarelle, par X***.

102. — HAUTEL (D'). . . . . Bouquet de fleurs.

103. — HAGEMANN (G. DE). . La Vendange.

104. — HEREAU (J.) . . . . . Bords de la Seine, à Bougival.

105. — HEYMANN . . . . . . Dessin rehaussé en couleur, par Van Goyen.

106. — HEYMANN . . . . . . Lavis, par Dorner.

107. — HOURY (C.). . . . . . Chevaux de trait.

108. — ISABEY (E.). . . . . . Étude d'après nature; aquarelle.

109. — JACCOTTET FILS (L.). Village de Bonneval, paysage.

110. — JACCOTTET PÈRE (J.). Paysage; aquarelle.

111. — JACCOTTET PÈRE (J.). Paysage; dessin.

112. — JAZET PÈRE. . . . . . 2 Gravures religieuses, avant lettre; manière noire.

113. — JAZET (ALEX.). . . . . 2 Gravures avant lettre; man. noire.

114. — JUNCKER. . . . . . . Roses blanches; pastel.

115. — JACQUE (CH.) . . . . Dessin au crayon.

116. — JACQUEMART. . . . . Une Tablette chez les Capelle; aq.

116 *bis*. JOLY (J.). . . . . . . L'Infante d'Espagne, d'après Velasquez; pastel.

117. — JACQUAND (C.). . . . Le frère Grannetier; dessin.

118. — JONGKIND . . . . . . Une Marine; d. à l'encre de Chine.

119. — JACQUEMIN . . . . . 22 Eaux-fortes, Costumes du IVe au XIXe siècle.

120. — LOCK (Mlle MARG.). . . Fleurs.

121. — LOCK (Mlle MARG.). . . Fleurs.

122. — LEGROS (A.) . . . . . Moines en prière.

123. — LOMBARD. . . . . . . Pan et Syrinx, paysage.

124. — LATRY (Mlle ANNA). . . Fleurs; aquarelle.

125. — LOUTREL. . . . . . . La Lecture; lithogr., d'après Baron.

126. — LOUTREL. . . . . . . La Surprise; lith., d'après Stevens.

127. — LAVRATE. . . . . . . Gardes nationaux; aquarelle.

128. — LALANNE. . . . . . . Paysage; dessin au fusain.

129. — LAURENS (J.). . . . . Jeune Lièvre d'Auvergne.

130. — LAURENS (J.). . . . . La Soupe, intérieur d'Auvergne; aq.

131. — LAURENS (J.). . . . . Les Ormes; aquarelle.

132. — LAURENS (J.). . . . . Le Parc abandonné; lavis, par Victor Hugo.

133. — LOBJOY. . . . . Précy-sur-Oise, rue aboutissant à la place.

134. — LAMBERT (A.) . . . . Deux Médaillons bronze, les Quatre Sergents de La Rochelle; d'après David d'Angers.

135. — LEPÈRE (F.) . . . . . La Volupté; terre cuite.

136. — LEPINE. . . . . Marine.

137. — LEPIC (VICOMTE). . . Pas commode; eau-forte, d'ap. Jadin.

138. — LAMY (A.) . . . . . . Une Mêlée, d'après Salvator Rosa; lithographie.

139. — LAGRANGE (LÉON) . . Trois Eaux-fortes, compositions de l'auteur.

140. — LACHAISE (LE DOCT.). Un dessin de Boilly.

141. — LAPOSTOLET. . . . . Bords de la Seine, paysage; dessin.

142. — LE CYGNE (E.). . . . Bergère de Sologne.

143. — LAMBINET (E.). . . . Paysage, Soleil couchant.

144. — MICHELIN (J.) . . . . Près Étretat; pastel.

145. — MÉNARD (RÉNÉ) . . . Soleil couchant, paysage.

146. — MOREL-LAMY. . . . . Les Bords de la Marne, paysage.

147. — MOHLER . . . . Étude de Tête de Chat; plâtre.

148. — MOHLER . . . . Étude de Tête de Chat; plâtre.

149. — MOYSE . . . . Un Guitarero.

150. — MOLLET (E.) . . . . . Corbeille de fruits.

151. — MOLLET (E.) . . . . . Bouquet de fleurs.

152. — MÈNE . . . . Cerf, statuette bronze.

153. — MOENCH-MUNICH (C.). Groupe d'Enfants dans des nuages.

154. — MIRE (Mme LE) . . . . Pensées; aquarelle.

155. — MERCIER . . . . Une Rue; dessin au fusain.

156. — MONTAUT (H. DE). . . Un Brave; aquarelle.

157. — MONTAUT (H. DE). . . Un Poltron; aquarelle.

158. — MANET . . . . Bohémiens en voyage.

159. — MERY . . . . Vue prise à Bougival; aquarelle.

160. — MONNIER (H.) . . . . Étude d'après nature.

161. — MATABON . . . . Portrait de Shakespeare; médaillon marbre.

162. — MAULDE & RENOU . . 200 Affiches.

163. — NOTERMAN . . . . . . Chiens et Gibiers.

164. — NÈGRE (A.) . . . . . . Vue de la Madragne, Marseille.

165. — NÈGRE (A.) . . . . . . Vue des Travaux du port de la Joliette, Marseille.

166. — NANTEUIL (CÉLESTIN) Berger dans la campagne; dessin.

167. — NADARD . . . . Photographies.

168. — OLLER . . . . Le double Repos; dessin.

169. — OUVRIÉ (J.) . . . . . Bords de la Moselle (Prusse rhénane).

170. — PISSARRO . . . . . . Cour de ferme.

171. — PICARD. . . . . Nature morte.

172. — PARIS . . . . Une Collection de six eaux-fortes.

173. — PORTE (Mme A. DE LA). Une Tête de Chat, étude.

174. — PEZOUS . . . . Le Troupeau au pâturage.

175. — PILS . . . . Artilleur, étude; aquarelle.

176. — PATERNOSTRE (L.). . Inquiétude.

177. — PIERDON (F.). . . . . Soleil couchant; gouache et fusain.

178. — PETIT (FRANCIS). . . Une aquarelle, par Longuet.

179. — QUEYROY. . . . . . . Les Lapins; dessin.

180. — QUEYROY. . . . . . . Rues et Maisons du vieux Blois; dix eaux-fortes avant lettre, inédites.

181. — RIBOT . . . . Nature morte.

182. — RIBEYRE (FELIX). . . Un Volume, Voyage de LL. MM. l'Empereur et l'Impératrice en Auvergne.

183. — RICHOMME (J.). . . . Paysage, étude d'après nature.

184. — ROZIER (J.). . . . . . . Paysage.

185. — ROUVIER (V.). . . . . Le Matin.

186. — ROUVIER (V.). . . . . Le Soir.

187. — ROCHENOIRE (DE LA). Marine.

188. — ROSSI-GAZZOLO . . . Vue de la Dogana, à Venise.

189. — RENIÉ. . . . . Paysage.

190. — ROSIER (A.) . . . . . Puits arabes, environs de Tunis.

191. — SUTTER . . . . Environs de Barbison, paysage.

192. — SALMON (TH.) . . . . Jeune Fille travaillant.

193. — SALMON (E.). . . . . Groupe de Dindons, statuette bronze.

194. — SIROUY (A.). . . . . . Sardanapale; lith., d'après Eugène Delacroix.

195. — SIROUY (A.). . . . . . Paysage, étude d'après nature.

196. — STOP. . . . . Souvenir de Rome.

197. — STOP. . . . . Souvenir de Rome.

198. — SERRES (A.) . . . . . Le Printemps.

199. — THOMPSON. . . . . . Dessus de porte.

200. — TROYON . . . . Le Terrier.

201. — VEYRASSAT (J.). . . . Chevaux de trait; gouache et pastel.

202. — VOLLON . . . . Intérieur.

203. — VERNIER (E.). . . . . Paysage.

204. — VAN-CUYCK. . . . . . Une Marine, par Jongkind.

205. — VAN-CUYCK. . . . . . Une autre Marine, par Jongkind.

206. — MENCEL (LE Cte TH. DU) Le Rêve, par Billou.

207. — LASQUIN. . . . . . . Distribution des Circulaires et Catal.

208. — HUET (Mlle ERNEST.). La Prière du berger.

209. — HERBET . . . . Vue prise dans le Berry.

210. — AUDIFFRED (H.) . . . Une jeune Mère, par A. Aze.

211. — BAZIN (FILS) . . . . . Environs de Poissy.

212. — ANONYME . . . . . . Hebé; gravure, d'après A. Scheffer.

213. — *Id.* Le Baiser de Judas. *Id.*

214. — *Id.* Le Christ et Saint Jean. *Id.*

215. — *Id.* Marguerite. *Id.*

216. — *Id.* Faust. *Id.*

217. — *Id.* La Crèche. *Id.*

218. — *Id.* Le Calvaire. *Id.*

219. — *Id.* Une avant lettre. *Id.*

220. — *Id.* Le pendant. *Id.*

221. — *Id.* Faust et Marguerite; lith. *Id.*

222. — BOULART. . . . . . . Le Coin du feu.

223. — CHOSSON (Mlle MARIE) Jeune Fille lutinant un oiseau.

224. — CHAUFOUR. . . . . . Un Chien; étude.

225. — DEBRAS (L.) . . . . . Vue de Piémont.

226. — DUHOUSSET (E.). . . Berger kurde, souvenir de Perse; d.

227. — ORSCHWILLER (D'). . La Course.

228. — DUPEYRON. . . . . . Paysage; dessin.

229. — DESHAYS (E.) . . . . Environs de Mantes.

230. — DASSIER (Mlle) . . . . Souvenir d'Auvergne, d'ap. Coignet.

231. — FROLICH (LOR.). . . . L'Amour et Psyché; alb. d'eaux-fort.

232. — FRIRY . . . . 5 Eaux-fortes div., d'ap. les maîtres.

233. — FOUGÈRES (Mlle A.). . Une Bohémienne.

234. — GAZZOLLI (Mme LAURE) Les Reflets.

235. — GOETHALS . . . . . . Paysage.

236. — HUET (PAUL). . . . . Une Chaumière en Picardie; aquar.

237. — JACQUE (P.). . . . . Un Dessin de Fragonard.

238. — JACQUE (P.) . . . . . Un Dessin de Decamps.

239. — MOULIGNON (L. DE). . Quatre petites Peintures sur papier.

240. — MÉRY (E.). . . . . . . Cabane de Sainte-Adresse.

241. — NOEL (E.). . . . . . . Innocenza; terre cuite.

242. — POULAIN (JULES). . . Vue prise à Crémarest, Pas-de-Calais; dessin.

243. — PULL (GEORGES). . . Plat de rustiques figulines, genre Bernard Palissy.

244. — ULM . . . . Étudiant allemand; dessin.

245. — OUDINOT (A.). . . . . Saint-Pierre, souvenir de Rome.

246. — SAIN (E.). . . . . . . Vieillesse et Vétusté; dessin.

247. — VALADON (J.). . . . . Environs de Limoges; esquisse à la plume.

248. — TIRPENNE . . . . . . Paysage; pastel.

249. — BRETON (E.) . . . . . Effet d'orage, paysage.

250. — CHARVET. . . . . . . Un Volume, Traité des Monnaies de France.

251. — DENAUDY (Mme). . . . Bords de l'Yonne; dessin.

252. — DREUX D'ORCY (DE) . Le Sommeil; dessin.

253. — COLOMB (DE THORIGNY) . . . . Soleil couchant dans les Pyrénées; pastel.

254. — FLAMENG (L.). . . . . Le Donneur d'eau bénite; dessin.

255. — FLAMENG (L.). . . . . Paysage; dessin.

256. — HOUSSAYE (A.). . . . Une Gravure, la Médée d'après Eugène Delacroix.

257. — HOUSSAYE (A.). . . . Une gravure, le Harem, d'après Diaz; épreuve avant la lettre.

258. — HOUSSAYE (A.). . . . Une Gravure, la Fornarina, d'après Raphaël; épreuve avant la lettre.

259. — HOUSSAYE (A.). . . . Un Portrait de S. M. l'Impératrice; héliographie sur acier.

260. — HOUSSAYE (A.). . . . Une Gravure, la Muse du souvenir.

261. — HOUSSAYE (A.). . . . Une Gravure, le Fil rompu.

262. — HOUSSAYE (A.). . . . Une Gravure, Portrait de Raphaël, d'après lui-même.

263. — LAURENCE (L.). . . . Le vieux Collége de Cluny, démoli en 1860; eau-forte.

264. — LAURENCE (L.). . . . La Maison des Archers, rue de la Verrerie; eau-forte.

265. — LAURENCE (L.). . . . La Rue Pirouette, aux Halles; dessin de Laurence; eau-forte de Meryon.

266. — LAURENCE (L.). . . . L'ancien Couvent de Longchamp; eau-forte.

267. — LAUFBERGER. . . . . Étude d'après nature.

268. — MOISSON-DESROCHES (Mlle) . . . . Marchande de paniers.

269. — MILLET (AIMÉ). . . . Réduction de l'Oriane du Musée du Luxembourg; statuette plâtre.

270. — MIDOUX (E.). . . . . . Une fillette, étude; dessin.

271. — MIDOUX (E.). . . . . . Femme picarde tricotant; dessin.

272. — MIDOUX (E.). . . . . . Vieux Vigneron déjeunant; dessin.

273. — MORLON. . . . . Contrebandiers; dessin.

274. — PARIS . . . . Vache au pâturage; dessin.

275. — PATROIS. . . . . Le Chagrin partagé; dessin.

276. — THIELLEY. . . . . Une lithographie, Bernard Palissy, d'après Wetter.

277. — TESSON (L.) . . . . . . Un Caravane en marche.

278. — VOIQUIER. . . . . 12 Gravures anciennes.

279. — BARGEON-MANIQUET. Paysage; gouache.

280. — BARGEON-MANIGUET. Paysage; gouache.

281. — BERTAUT (Mlle H.) . . Tête de Christ.

282. — HERBELIN (Mme) . . . Tête de jeune Fille; dessin.

283. — BONHEUR (Mlle ROSA). Un Bélier; statuette bronze.

284. — BAZIN (PÈRE). . . . . Sujets Militaires; gouache.

285. — SIROIS. . . . . Esquisse d'un tableau tiré des *Misérables* de V. Hugo; dessin.

286. — LE FÈVRE. . . . . . . Château de Lourdes; eau-forte.

287. — ÉVRARD . . . . Saint Joseph; terre cuite.

288. — BIENCOURT (Mis DE). . Caricatures politiques; dessin.

289. — LUNDY (J.). . . . . . . Copie d'un manuscrit en écriture caroline teutonique du XIe siècle, appartenant à la Bibl. de Munich.

290. — COUTY. . . . . Nature morte.

291. — BELLANGÉ (G.). . . . Tête d'Enfant; dessin.

292. — BELLANGÉ (G.). . . . Les Piferrareri; dessin.

293. — FEYEN. . . . . Deux Photographies, le Mariage mystique, d'après le Corrége.

294. — COGNIET (LÉON). . . Dessin à la plume.

295. — BROWNE (Mme Htte) . . Une Eau-forte.

296. — WUST . . . . Paysage; dessin.

Paris. —Imprimé chez Bonaventure et Ducessois, 55, quai des Grands-Augustins.

6e Année. — N° 312. **Bureaux : Rue St-Georges, 43.** Samedi 14 MARS 1863.

MONITEUR DES ARTS

REVUE PERMANENTE

DES EXPOSITIONS ET DES VENTES PUBLIQUES

EXPOSITIONS artistiques.

PARAISSANT LES MERCREDI ET SAMEDI PENDANT LA SAISON DES VENTES

H. AUDIFFRED
Directeur

TABLEAUX, RICHES MOBILIERS, LIVRES RARES, OBJETS D'ART ET DE CURIOSITÉ

AVIS

Les abonnements payables d'avance, se continuent jusqu'à avis contraire.

Le seul Journal artistique paraissant 80 fois par an.

ANNONCES

Annonce anglaise la ligne 75 c.
Ventes publiques 60 c.
Insertion dans le corps du journal. 3

Abonnements. — France : Un an, 20 francs. — Six mois, 15 francs. — Etranger : Port en sus.

SOMMAIRE

—

Courrier, Adriani. — *Pétition à M. le ministre d'Etat.* — *Revue des ventes publiques* : *Statue de Clésinger, tableaux et dessins* (fin); *Vente au profit des ouvriers cotonniers*; *Curiosités et meubles d'art arrivant d'Italie*; *Vente d'objets d'art à Strasbourg*, G. Franchemont. — *Ventes prochaines.* — *Annonces.*

COURRIER

—

— Dernièrement, à l'occasion d'une charmante tête de jeune fille vendue dans une de nos ventes publiques, nous avons signalé l'auteur, M. Albrier, comme un des peintres qui s'étaient le mieux inspirés de Greuze, et auquel on devait les plus fidèles copies de cet admirable maître. Nous avons le regret aujourd'hui d'annoncer la mort de cet habile artiste, qui vient de succomber dans sa soixante-treizième année, aux suites d'une longue et douloureuse maladie.

M. Albrier, né à Paris en 1791, avait débuté de la manière la plus heureuse, et avait été le condisciple d'hommes qui occupent aujourd'hui les rangs les plus élevés dans la peinture, comme MM. Léon Cogniet, Picot et autres, il pouvait donc arriver comme eux ; mais n'osant se fier à sa santé, il perdit trop tôt courage et se contenta d'appliquer à quelques compositions gracieuses dont il avait puisé le goût dans l'atelier du baron Regnault, et surtout à des imitations et des copies de Greuze et de Prud'hon, un talent digne d'un emploi plus élevé. Ces imitations et ces copies n'en sont pas moins des œuvres d'art que bien des amateurs, même des plus difficiles, conserveront avec soin, et qui figureront un jour dans de grandes collections sous d'autres noms que ceux de l'habile, mais trop modeste Albrier. On a gravé, d'après lui, ***Narcisse*** et ***Cyparisse changé en cyprès***, exposés en 1819; ***Daphnis et Chloé***, exposé en 1822 ; ***Louis XIV et Mlle de Lavallière***, exposés en 1828, etc. Plusieurs autres de ses ouvrages ont été lithographiés.

— Une découverte des plus intéressantes pour l'art vient d'être faite dans les caveaux de l'église Saint-Jean-de-Troyes.

On y a retrouvé l'ancien retable en marbre blanc de la chapelle dite de la *Communion*. Cet ouvrage est dû au sculpteur Girardon, qui a fait aussi le magnifique maître-autel de cette église.

— Jeudi, a été inauguré, sur la place d'Angers, le buste de l'illustre sculpteur David.

— On a célébré, lundi dernier, à l'église Saint-Roch, le mariage de Mlle Trebelli, de notre Théâtre-Italien, avec le ténor Bettini, du Théâtre-Italien de Saint-Pétersbourg.

— On sait que la direction du Théâtre-Italien est vacante, et on doit bien penser que le nombre des candidats à cette direction est considérable. Parmi eux figure M. del Peral, écrivain espagnol distingué et très connu dans la presse parisienne. M. del Peral est très versé dans les affaires de théâtre. Il a administré pendant quelque temps le Théâtre-Italien de Paris, et il a été le fondateur du théâtre français de Madrid.

— Ventes prochaines. — Les tableaux et dessins composant la belle collection de M. D... ont été trop admirés hier et avant-hier, pour ne pas obtenir tout le succès qu'ils méritent à la vente qui en sera faite aujourd'hui par Me Charles Pillet, assisté de M. F. Petit, expert.

— Lundi prochain a lieu la vente de plusieurs beaux tableaux arrivant d'Italie et choisis avec le même goût que les meubles d'art vendus ces jours derniers. On y remarque un magnifique Corneille Dusart, les ***Joueurs de quilles***, un ***Mariage de Sainte-Catherine***, par Francia et plusieurs autres beaux portraits et miniatures.

Ces tableaux, exposés demain, seront vendus par Me Pillet, assisté de M. Dhios.

ADRIANI.

PÉTITION A M. LE MINISTRE D'ÉTAT

—

Un certain nombre d'artistes ont adressé à S. Exc. M. le ministre d'Etat la pétition suivante à l'effet d'obtenir le rétablissement des Expositions annuelles :

Monsieur le ministre,

Les artistes soussignés, ayant éprouvé que Votre Excellence avait la noble ambition d'imprimer aux arts qui sont confiés à son patronage, tout l'élan et tout l'éclat qui nous ont maintenus jusqu'à ce jour à la tête des plus brillantes écoles de l'Europe, et ont donné à l'industrie française la prééminence incontestable qu'elle ne saurait puiser qu'aux sources mères de la peinture et de la sculpture;

Que pour conserver cette supériorité dans l'art et partant dans l'industrie, il ne saurait être de moyen plus efficace que d'exciter, dans une sage mesure, l'activité et la rivalité des artistes et que d'entretenir la curiosité du public, sans la fatiguer par un étalage trop long et trop nombreux d'ouvrages médiocres;

Les soussignés osent solliciter de Votre Excellence le rétablissement des Expositions annuelles dans les conditions les plus simplifiées pour son administration et les plus profitables pour eux-mêmes.

Ils lui représenteront que ce délai de deux ans qui sépare les Expositions avait sa raison d'être sous l'ancienne Académie Royale du dix-huitième siècle, quand une centaine d'artistes concouraient seuls aux salons.

Ce délai était encore naturel sous le premier Empire, alors que l'art ne se manifestait que par des œuvres d'une telle dimension que plusieurs années suffisaient à peine à l'achèvement de chacune, et quand ne s'étaient pas encore révélés dans leur juste importance ces talents de genre et de paysage qui ont répandu le plus d'éclat sur notre école contemporaine, en ont fait rechercher les œuvres par les amateurs de l'Europe entière, et ont rappelé les meilleurs temps et les plus grands noms des écoles flamande et hollandaise.

Aujourd'hui que, dans l'épanouissement d'une école dont la variété et la fécondité feront plus tard quelque honneur au règne de Napoléon III, plus de 2,000 artistes soumettent leurs œuvres au jury de chaque Exposition, vous jugerez, monsieur le ministre, que les Expositions annuelles peuvent seules assurer la publicité qui consacre les jeunes talents et décourage la médiocrité.

Restreindre cette publicité, c'est restreindre, au dehors, la gloire et l'influence intellectuelle de la France, au dedans, le profit que des œuvres éminentes peuvent donner au goût de la nation.

Condamner l'artiste à deux années d'obscurité et d'indifférence publique, c'est, l'expérience le dit, le condamner à dix-huit mois d'inactivité et de travaux vulgaires.

Nous reconnaissons d'ailleurs que votre administration, bon juge de la lassitude manifeste qu'une surabondance d'ouvrages entassés par un long intervalle a causée en 1859 et 1861, et devait naturellement préparer encore aux visiteurs du prochain Salon, a sagement fait de limiter cette fois le nombre des peintures et des sculptures qui doivent représenter chacun de nous dans ce concours solennel; et dans le cas où il plairait à Votre Excellence de nous rendre l'annualité des Expositions, nous croirions devoir lui proposer de réduire encore ce nombre, les salons ne devant pas être, pour l'honneur des artistes aussi bien que pour celui de l'administration, un entassement, une halle d'œuvres secondaires ne visant qu'à l'acheteur, mais un choix des meilleurs ouvrages aspirant au progrès de notre école et à une loyale renommée, et laissant, aussi fraternellement que possible, un peu de place et de lumière pour tous ceux qui en seront jugés dignes.

En conséquence, monsieur le ministre, les soussignés ayant été informés que Votre Excellence avait résolu de conserver, pour le service permanent des diverses Expositions, les galeries actuelles du Palais des Champs-Elysées, telles qu'elles sont aujourd'hui appropriées pour l'Exposition des Beaux-Arts, oseraient vous supplier d'accorder aux Expositions la nouvelle organisation suivante :

Un espace équivalent à la moitié des galeries actuelles serait concédé aux artistes pour l'Exposition de leurs œuvres;

Cette Exposition serait annuelle et ne durerait qu'un mois ;

Chaque artiste ne pourrait y envoyer plus de deux ouvrages.

Confiants dans votre sollicitude éclairée pour les intérêts des arts, les soussignés ont l'honneur d'être, etc.

(Suivent les signatures.)

Les artistes ont remis à M. le comte Walewski la note suivante à l'appui de cette pétition :

Peut-être serait-il utile de rappeler à Son Excellence M. le ministre d'État, dans quelles conditions s'est interrompue la périodicité annuelle des Expositions.

Cette périodicité s'était maintenue pendant plus de vingt ans, de 1833 à 1853, et on peut dire que ces vingt années ont été une des plus brillantes époques de l'art contemporain.

L'annonce de l'Exposition universelle de 1855 engagea l'administration à laisser deux années d'intervalle entre cette Exposition fameuse et le Salon de 1853 ; il s'agissait de se préparer dignement à un concours unique dans l'histoire, et la lassitude qui suivit une si grande lutte explique naturellement l'autre intervalle de deux années qui conduisit de 1855 à 1857. Mais depuis lors, par des considérations qui tenaient surtout à l'économie des deniers publics, le parti de revenir aux Expositions bisannuelles semble l'avoir emporté. Quelles ont été les conséquences de cette décision ? L'école a perdu la solidité de ses études, son unité, son esprit de suite, parce que les artistes, se trouvant plus rarement en présence du public, ont tâtonné, et se sont dépensés en menus efforts. Si les Expositions étaient plus rapprochées, et que l'on y admît moins d'ouvrages (deux par exposant, comme le proposent les pétitionnaires), au lieu de produire tous les deux ans trois tableaux à la dernière heure, et trente misérables toiles de commerce, l'artiste jugerait de sa dignité de rassembler ses forces pour les deux morceaux destinés au public, et renoncerait à s'amoindrir dans une suite d'ébauches.

Enfin, si les Expositions annuelles étaient fixées à la durée d'un mois, le Salon n'y perdrait pas un visiteur sérieux, et la dépense, diminuée de cent mille francs, par l'acquisition résolue des galeries actuelles de l'Exposition, se bornerait à une soixantaine de mille francs, couverte avec un avantage trop évident pour l'Etat, par les 150,000 francs qui sont, au minimum, le produit des Expositions annuelles.

L'Etat, nous a dit M. le ministre, doit avant tout encourager le grand art. Aussi l'a-t-il de tout temps encouragé dans la personne de Lebrun et de ses imitateurs, de David et de son école, de M. Ingres et de ses élèves ; mais personne ne voudra certainement frapper de mort la peinture de chevalet, qui, en somme, est une partie notable de notre art, une création vivante de l'esprit français, et un de ses moyens d'influence dans le monde entier. Le Poussin, Claude Lesueur, Watteau, Rigaud, Joseph Vernet, Greuze, Chardin, qui tiennent une place si glorieuse dans notre école ancienne, n'ont guère peint que de petites toiles; et parmi nos contemporains, Decamps, Meissonier, Marilhat, Robert-Fleury, Bonington, Rousseau, Jules Dupré, Rosa Bonheur, n'ont été que des peintres de chevalet. La *Stratonice* est un morceau capital dans l'œuvre de M. Ingres; l'*Assassinat du duc de Guise* est peut-être le meilleur tableau de Paul Delaroche. Delacroix, Scheffer, Horace Vernet, sont aussi populaires pour avoir fait la *Noce juive* et l'*Evêque de Liége*, la *Mignon*, la *Marguerite*, la *Barrière de Clichy*, que pour leurs grandes machines, et l'on peut dire en vérité que, depuis trente ans, les chefs-d'œuvre de notre peinture se sont produits dans de petites dimensions.

Il est des courants qu'il faut bien suivre, quand ils sont dans le génie d'un peuple ou d'un siècle ; l'administration peut d'ailleurs les diriger par des ménagements habiles et par la mesure de ses faveurs. Si les Salons d'aujourd'hui sont fatigants et affaiblis par le nombre exagéré des ouvrages qu'on y envoie, restreindre ce nombre suffira sans doute à rehausser le niveau.

La présence sur la pétition ci-jointe d'un certain nombre de signatures apposées sur une pétition précédente prouvera hautement à M. le ministre que l'annualité des Expositions est, pour les artistes, un intérêt de premier ordre, un intérêt supérieur à l'émission d'œuvres sans nombre. Il faut, de plus, considérer que, par maladie ou accident, ou par refus du jury, un artiste peut être empêché pendant quatre ans de paraître devant le public. Or, quatre années d'oubli dans la carrière d'un peintre, et surtout dans la période de ses débuts, peuvent causer à l'avenir de son talent un préjudice irréparable.

M. le ministre ne peut l'ignorer, notre école a sensiblement décru depuis la solennité de 1855. Lui rendre le même air, les mêmes habitudes qu'auparavant, c'est-à-dire les Salons annuels, nous paraît être le seul moyen d'arrêter une telle décadence. Les pétitionnaires osent attendre de M. le ministre cette libérale décision, qui serait saluée par l'acclamation universelle des artistes. La devise de l'ancienne Académie de peinture était : *Libertas artibus restituta*. Or, la liberté pour les arts, c'est la lumière, et la lumière, c'est le Salon.

REVUE DES VENTES PUBLIQUES.

—

Statue de Clésinger. — Tableaux et Dessins, etc.

—

Vente du 5 mars 1863.

Me Charles Pillet, commissaire-priseur; M. *F. Petit*, expert.

(Fin.)

34. — Meissonier. La Consultation, esquisse à peine indiquée. Retiré à 1,500 francs, faute d'enchères.

Haut. 14 c., larg. 12 c.

35. — Pettenkofen. Soldats autrichiens traversant un gué. — 1,070 fr.

Haut. 18 c., larg. 23 c.

36. — Id. Soldats autrichiens faisant le guet à la porte d'une chaumière. — 1,015 fr.

Haut. 20 c., larg. 25 c.

38. — Regnier et Horace Vernet. Saint Hubert. — 625 fr.

Paysage par Régnier et figures par H. Vernet.

Haut. 2 m., larg. 1 m. 65 c.

40. — Roqueplan. Marine. — 445 fr.

Des pêcheurs mettent une barque à flot.

Haut. 25 c., larg. 32 c.

41. — Id. Paysage. Soleil couchant. — 320 francs.

Forme ovale, haut. 24 c., larg. 33 c.

42. — Ary Scheffer. La Soumission des Saxons à Charlemagne. — 1,200 fr.

Esquisse du tableau du Musée de Versailles.

Haut. 60 c., larg. 70 c.

43. — Id. Portrait d'un jeune homme. — 400 fr.

Haut. 65 c., larg. 50 c.

45. — Joseph Stévens. Le Chien du joueur d'orgue. — 510 fr.

Haut. 55 c., larg. 45 c.

46. — Van-Dael. Bouquet de fleurs dans un verre. — 260 fr.

Haut. 30 c., larg. 24 c.

47. — Willems. Jeune fille flamande portant un plateau chargé de fruits. — 1,025 fr.

Haut. 32 c., larg. 25 c.

48. — Wickemberg. Jeune paysan traînant dans sa brouette sa sœur et son petit chien. Un autre chien les accompagne. — 510 fr.

Haut. 25 c. larg. 35 c.

49. — Ziem. Vue de Martigues. — 510 fr.

Dessins.

51. — Bida. La Résurrection de Lazare. — 680 fr. (Dessin.)

52. — Paul Delaroche. La Conversation. — 510 fr. (Dessin au crayon de couleur. Vente lord Seymour).

58. — La Tour (Maurice Quentin de). Portrait de femme. Etude très avariée. — 152 fr (Pastel.)

60. — Jeune fille embrassant une colombe, dessin au crayon noir, rehaussé de blanc. — 470 fr.

Cette collection, avec quelques objets de curiosité vendus après la statue, a produit la somme de 58,300 fr. environ.

Vente au profit des Ouvriers cotonniers

—

Les 9 et 10 mars 1863.

Me *Boussaton*, commissaire-priseur; M. *Martin*, expert.

—

Nous donnons ici les prix les plus intéressants de cette vente, à laquelle on s'est rendu avec un louable empressement.

1. — S. A. I. la princesse Mathilde. Tête d'Italienne, aquarelle. — 90 fr.

10. — Bellel. Paysage, dessin. — 80 fr.

13. — Beaume. Les Voleurs et l'Ane, dessin rehaussé. — 43 fr.

15. — Bida. Jeune Maronite, croquis. — 85 fr.

16. — Brown (J.-L.). Artilleur et son Cheval, aquarelle. — 59 fr.

17. — Brendel (A.). Paysage et Animaux. — 151 fr.

18. — Brascassat. Un pâturage, dessin rehaussé. — 415 fr.

20. — Bailly (Léon). Paysage, dessin au fusain. — 100 fr.

26. — Balleroy (de). La Curée d'un lapin.— 236 fr.

39. — Corot. Paysage. — 220 fr.

61. — Delacroix (Eug.). Homme terrassé par une lionne, dessin. — 145 fr.

67. — Diaz. Un Paysage. — 100 fr.

76. — Frère (Edouard). Entrée de l'église Saint-Paul, à Anvers. — 620 fr.

104. — Hereau (J.). Bords de la Seine, à Bougival. — 161 fr.

108. — Isabey (F.). Etude d'après nature, aquarelle. — 59 fr.

115. — Jacque (Ch.). Dessin au crayon. — 61 fr.

122. — Legros (A.). Moines en prière. — 140 fr.

175. — Pils. Artilleur, étude; aquarelle.— 90 fr.

181. — Ribot. Nature morte. — 86 fr.

200. — Troyon. Le Terrier. — 1,000 fr.

201. — Veyrassat (J.). Chevaux de trait, gouache et pastel. — 80 fr.

101. — Boulart. Le Coin du feu. — 101 fr.

227. — Orschwiller (d'). La Course. — 155 fr.

233. — Fougères (Mlle A.). Une Bohémienne. — 100 fr.

269. — Millet (Aimé). Réduction de l'Ariane du Musée du Luxembourg, statuette plâtre.—

Total : 10,039 fr. 35 c.

Curiosités et Meubles d'art

ARRIVANT D'ITALIE.

—

Vente des 11, 12 et 13 mars 1863.

Me *Charles Pillet*, commissaire-priseur; *M. Dhios*, expert.

—

Nous donnons dès aujourd'hui quelques-uns des prix de cette vente intéressante; nous compléterons nos indications dans notre prochain numéro.

Meubles d'art en chêne, noyer, ébène et marqueterie.

42 — Un lit à colonnes en noyer sculpté. Ce superbe lit, dont les sculptures sont de la plus rare perfection, a appartenu à Jean-Jacques Medici, marquis de Marignan, né à Milan en 1495, mort dans la même ville en 1555. — 2,580 fr.

Pièce d'une remarquable conservation.

43. — Un grand et superbe cadre en bois sculpté, orné dans le haut d'une figure de Cérès, assise sur un dragon ailé. Travail italien du dix-septième siècle. — 1,140 fr.

44. — Un autre grand et superbe cadre en bois sculpté, orné de cinq enfants, d'oiseaux, etc. Très beau travail italien du dix-septième siècle. — 1,140 fr.

54. —Deux superbes fauteuils en noyer finement sculpté dans toutes ses parties. Ces deux siéges sont remarquables par leur forme élégante et leur état de conservation. Epoque Louis XIV, — 3.000 fr.

66. — Un joli cabinet en écaille et ébène, avec chutes, statuettes et galerie en bronze doré. — 275 fr.

67. — Un grand tabernacle en marqueterie de bois, ivoire et nacre, avec quatre colonnes surmontées de chapiteaux d'ordre corinthien finement sculptés. — 220 fr.

Bois sculptés et dorés des dix-septième et dix-huitième siècles.

80. — Un grand encadrement de glace, dessus de cheminée en bois sculpté et doré. Travail du commencement du dix-huitième siècle. — 1,210 fr.

81. — Une grande pendule en bois sculpté et doré. — 270 fr.

82. — Deux statuettes de nègres accroupis, soutenant sur les épaules des socles pour recevoir des candelabres ou des vases. Bois sculpté, peint et doré. — 610 fr.

83. — Une statuette de nègre, tenant un plat ayant la forme d'une coquille. Bois sculpté, doré et peint. — 221 fr.

86. — Une glace avec encadrement en bois sculpté, doré et peint. Epoque Louis XVI. — 170 fr.

87. — Une grande et belle console sur quatre pieds, avec coquille et dauphins dans le bas, guirlandes de fleurs sur le devant. Bois sculpté et doré. Epoque Louis XVI. — 400 fr.

89. — Une grande et belle console à quatre pieds, à ornements dans le bas, en bois sculpté et doré, époque Louis XVI, avec coquilles et ornements à jour, avec dessus en marbre. — 215 fr.

90. — Une console ovale, époque Louis XVI, en bois sculpté et peint, avec dessus en marbre. — 115 fr.

92. — Une table console à quatre faces, en bois sculpté et doré, pieds contournés et ornements à jour. Epoque Louis XV. — 62 fr.

93. — Une petite console Louis XIV, en bois sculpté et doré. — 64 fr.

99. — Deux statuettes de guerriers, en bois sculpté et doré. — 102 fr.

101. — Deux jolies consoles sur quatre pieds, en bois sculpté et doré. Epoque Louis XV. — 300 fr.

106. — Un joli cadre en bois sculpté et doré, orné de quatre enfants surmontés des armes papales. — 100 fr.

108. — Un beau et grand cadre italien en bois sculpté. — 169 fr.

Pendules, Marqueterie et Bronze.

111. — Une belle pendule de Boule en marqueterie et bronze: au bas, quatre bustes de femme formant cariatides, le haut est orné de chutes qui supportent quatre vases posés sur des chapiteaux, le dessus se termine par une statuette d'enfant. — 1,055 fr.

112. — Une grande et belle pendule, forme lyre, en marqueterie de cuivre et fleurs en écaille et émail, orné de bronzes rocaille. Mouvement à musique. — 680 fr.

113. — Une belle pendule avec son socle, forme lyre en marqueterie de cuivre sur écaille, ornée de bronzes dorés rocaille. Mouvement compliqué. — 255 fr.

Porcelaines de Chine et du Japon.

118. — Une garniture de trois magnifiques vases forme potiche, avec leurs couvercles en ancienne porcelaine du Japon; la panse est ornée de trois médaillons à corbeille de fleurs de couleurs diverses sur fond blanc. La monture est en bois de la belle époque Louis XVI. — 4,750 fr.

Le total, 5 0/0 compris, s'est élevé à 54,316 fr.

(*La suite prochainement.*)

Vente d'Objets d'art, à Strasbourg.

—

Le *Bibliographe alsacien*, dont la livraison de février vient de paraître, mentionne la vente d'un certain nombre d'objets antiques, qui a eu lieu récemment à Strasbourg, et qui prouve que la passion des antiquailles a fait des adeptes dans cette ville aussi.

Ces objets provenaient de la succession de M. Kl..., décédé le mois dernier, et ne formaient une collection ni fort riche ni fort intéressante. Néanmoins, quelques-uns de ces objets ont atteint des prix élevés.

Ainsi, une chope en verre émaillé, de Nuremberg, année 1678, avec deux personnages à cheval et deux inscriptions, a été vendue— 45 fr.

Une arbalète à rouet, garnie d'ivoire niellé, — 150 fr.

Une épée de parade à deux mains, haute de cinq pieds, — 80 fr.

Une pendule, style Louis XVI, d'exécution médiocre, — 285 fr.

Une armure de chevalier, ornée d'une gravure de peu d'importance, assez fine, mais incomplète, sans le casque notamment et dans un état déplorable d'oxydation, — 765 fr.

« Quant à tous les autres lots, évidemment surpayés, dit le *Bibliographe alsacien*, la convoitise qu'ils ont excitée ne peut s'expliquer que par l'absence d'objets de comparaison d'une valeur positive, et la rareté dans notre ville des épaves de cette nature. »

G. FRANCHEMONT.

VENTES PROCHAINES

En l'Hôtel Drouot et à la salle Sylvestre, à Paris, dans les Départements et à l'Étranger.

Tableaux, gravures, objets d'art et de curiosité, riches mobiliers, livres, etc

Nos Abonnés trouveront au bureau du journal des catalogues des ventes importantes

LE LUNDI 16 MARS

BELLE COLLECTION DE

TABLEAUX ANCIENS

parmi lesquels on remarque les **Joueurs de quilles**, de Cornélius Dussart; le **Mariage de sainte Catherine**, par G. Francia; une belle série de portraits des XVIe, XVIIe et XVIIIe siècles, plusieurs charmantes compositions par Gio Baptista Tiépolo, tableaux décoratifs, miniatures, etc.

Le tout arrivant d'Italie.

VENTE à l'hôtel Drouot, salle n. 1.

Le lundi 16 *mars* 1863, *à* 2 *heures*.

Par le ministère de Me **Charles PILLET**, commissaire-priseur, 11, rue de Choiseul, assisté de M. **DHIOS**, expert, 33, rue Le Peletier, chez lesquels se trouve le catalogue.

EXPOSITION PUBLIQUE le dimanche 15 mars 1863, de 1 h. à 5 heures.

LE MERCREDI 18 MARS

COLLECTION DE M. DE ***

TABLEAUX ANCIENS ET MODERNES

Aquarelles, dessins, miniatures, par Boucher, Caresme, L. **David**, de Bar, Drolling, Demachy, H. **Fragonard**, **Guérin**, Huet, Kinson, Lépicié, Martin, Raoux, Watteau de Lille. Bonnington, Bonvin, L. Boulangé, John Brown, Chaplin, Charlet, Chavet, Decamps, Diaz, Jules Dupré, Gambogi, Gérome, Girault, Hervier, Hoguet, E. Isabey, E. Lami, Renaud, Roqueplan, H. Vernet, E. Wattier.

Buste de **Mme du Barry**, signé **Pajou**, 1771, en biscuit de Sèvres, quelques objets de curiosité.

VENTE à l'hôtel Drouot, salle n. 3.

Le mercredi 18 *mars à* 2 *heures*

Par Me **DUTITRE**, commissaire-priseur, 8, rue de Richelieu, assisté de M. **Ch. FROUILLARD**, expert, 13, rue Neuve-Saint-Étienne-du-Mont.

EXPOSITION PUBLIQUE le mardi 17 mars.

LE SAMEDI 21 MARS

Vente d'une collection de

LIVRES RARES

et précieux imprimés et manuscrits, provenant de la bibliothèque de feu M. le comte **ARCHINTO** (de Milan).

Théologie, sciences et arts : Philosophie morale, histoire naturelle, mathématique, astronomie, musique, chasse, etc.

Belles lettres : Linguistique, rhétorique, poètes grecs, latins, italiens, français, espagnols, romans, contes, etc.

Histoire : Géographie, voyages, histoire ecclésiastique, histoire ancienne, histoire moderne, française et étrangère, etc., archéologie, bibliographie.

Maison Sylvestre, rue des Bons-Enfants, 28.

Le samedi 21 *mars* 1863, *à* 7 *heures du soir*.

Me **Charles PILLET**, commissaire-priseur, rue de Choiseul, 11, assisté de **M. L. POTIER**, libraire-expert, quai Malaquais, 9.

EXPOSITION le jour de la vente, de 2 heures à 4 h.

LE MERCREDI 1er AVRIL

COLLECTION LOUIS VIARDOT

VENTE par suite de départ, de Tableaux **anciens** et **Dessins** formant la belle collection de M. Louis VIARDOT.

Œuvres de Berghem, Brauwer, Breughel, P. Brill, Al. Cuyp, Delorme. Gérard Dow, J. Fyt, Giotto, Guardi, Metsu, Mignon, Molenaer, G. Netscher, A. Van Ostade, Poelemburg, G. Poussin, Reynolds, Ribera, Ruysdaël, D. Téniers, Terburg, Van der Neer, Van de Weld, Velasquez, Waterloo, Ph. Wouwermans; tableaux, dessins et aquarelles modernes.

Hôtel Drouot, salle n. 1.

Le mercredi 1er *avril* 1863, *à* 2 *heures et demie*.

Me **Charles PILLET**, commissaire-priseur, 11, rue de Choiseul, assisté de M. **Ferdinand LANEUVILLE**, expert, rue Neuve-des-Mathurins, 73.

EXPOSITIONS : particulière, le lundi 30 mars et publique, le mardi 31 mars 1863, de 1 h. à 5 heures. (Voir le catalogue.)

BULLETIN DES PROVINCES

Le Moniteur des Arts *est le* SEUL *journal français qui publie un Bulletin spécial de toutes les Ventes mobilières intéressantes de la province.*

LE DIMANCHE 22 MARS
ET JOURS SUIVANTS

A BONNELLES (arrondiss. de Rambouillet).

NOMBREUX ET RICHE MOBILIER

ameublement de salon en velours, **sept pendules anciennes**, bronze doré, albâtre, marqueterie et écaille.

Un piano d'Erard.

Commodes, secrétaires, 9 fauteuils Voltaire, plusieurs Louis XV, bibliothèque doublée en bois de rose, chaises et bergères en velours d'Utrecht. — Tapis, flambeaux, vases, candélabres dorés et argentés, grande quantité de glaces de toutes grandeurs. — Billard, bureau, piano en acajou. **Vins fins**, etc., 500 pots de fleurs variées, etc.

VENTE aux enchères, a Bonnelles, en la demeure de M. **BERGER**.

Le dimanche 22 *mars* 1863, *à* 10 *heures du matin et jours suivants*.

Par le ministère de Me **DUPRÉ**, notaire à Rochefort (Seine-et-Oise).

Crédit aux personnes solvables.

Chambre et études de notaires.

ADJUDICATION même sur une seule enchère, sur la mise à prix de 31,000 fr., en la Chambre des notaires de Paris.

Par le ministère de Me **MASSION**, l'un d'eux,

Le mardi 24 *mars* 1863, *à midi*.

D'une très jolie **Propriété** de produit et d'agrément; composée de deux maisons distinctes, avec jardins, belle terrasse ancienne, caves, puits, pompe, et dépendances, sise à Saint-Maur, rue du Four, 20 et 20 bis (chemin de fer de Vincennes).

S'adresser à Me **MASSION**, notaire, boulevard des Italiens, 9.

AUGUSTE FONTAINE, LIVRES RARES ET DE LUXE, 35 et 36, passage des Panoramas et galerie de la Bourse, 1 et 10.

La librairie Renouard, 6, rue de Tournon, a mis dernièrement en vente une importante étude, les *Frères Lenain*, par M. Champfleury. Ce livre, qui a demandé quinze ans de recherches à son auteur, n'a été tiré qu'à cent exemplaires. Les amateurs devront se hâter d'acquérir ce curieux livre sur l'art au dix-septième siècle, car il n'en reste plus que quelques exemplaires, dont le prix a été porté à 10 francs.

MAISON A PARIS

Rue de Bagneux, 11.

composée de deux corps de bâtiments, reliés ensemble par une pièce servant de **Grand atelier de peintre** (cour et jardin, contenance 510 mètres environ).

A VENDRE par adjudication, sur *une seule enchère*, en la Chambre des notaires de Paris, le mardi 31 mars 1863.

Revenu net, 5,100 fr. — Mise a prix 74,000 francs.

S'adresser à Me Du **ROUSSET**, notaire à Paris, rue Jacob, 48.

JOLI APPARTEMENT

au 1er étage *avec balcon*, donnant sur la rue d'Aumale.

A LOUER pour le terme d'avril.

S'adresser, 43, rue Saint-Georges, au bureau du journal.

PARC DE NEUILLY

Boulevard Eugène, 47, et rue de Chézy, 48.

HOTEL A LOUER

AVEC JARDIN ÉCURIE ET REMISE

Cette maison, par la beauté et la grandeur de ses pièces, peut convenir à un amateur qui voudrait y placer curiosités et objets d'art.

S'adresser pour les renseignements, au *Moniteur des Arts*, de 4 à 5 heures.

La maison est ornée de belles glaces.

THÉATRES.

COMÉDIE-FRANÇAISE. — Le Fils de Giboyer.

OPERA-COMIQUE. — Lalla-Roukh

ITALIEN. — Il Barbiere.

ODÉON. — Macbeth.

THEATRE-LYRIQUE. — Faust.

VAUDEVILLE. — Le Mariage d'Olympe.

VARIETES. — Eh! allez donc, Turlurette! — Les Scrupules.

PALAIS-ROYAL. — L'avocat. — La Fleur des des Braves. — Les 37 sous de M. Montaudoin.

THEATRE-HISTORIQUE. — Léonard.

THÉATRE IMPÉRIAL DU CHATELET. — Marengo.

PORTE-ST-MARTIN. — Le Bossu.

GAITE. — La Belle Gabrielle.

DÉLASSEMENTS, 26, rue de Provence. — Voilà la chose.

THEATRE-DEJAZET. — L'argent et l'amour. Les Égarements.

CASINO, rue Cadet. — Tous les soirs, Concerts ou Bals, dirigés par Arban.

Le Directeur-Propriétaire, H. AUDIFFRED

Imp. de G Kugelmann, rue Grange-Batelière, 13.

www.ingramcontent.com/pod-product-compliance
Ingram Content Group UK Ltd.
Pitfield, Milton Keynes, MK11 3LW, UK
UKHW020229180726
13838UKWH00005B/2278